cacos

momentos que fi(n)cam

Ciça Lessa

cacos

momentos que fi(n)cam

AMORA

Direção Editorial: **Silvio Testa**
Marketing Digital: **Luiz Gagliardi**
Planejamento Estratégico: **Ana Segatto**

Coordenação Editorial: **Adilson Miguel**
Revisão: **Bia Mendes**
Capa e Projeto Gráfico: **Estúdio Dito e Feito**
Produção Gráfica: **Aldo Macedo**

1ª Edição: 2017

Dados Internacionais de Catalogação na Publicação (CIP)
(Laura Emilia da Silva Siqueira CRB 8/8127)

Lessa, Ciça.
Cacos : momentos que fi(n)cam / Ciça Lessa. –
1ª ed. – São Paulo: Amora Editora : 2017.

ISBN 978-85-93421-01-3

1. Literatura brasileira 2. Literatura brasileira: contos
I. Lessa, Ciça.

CDU 821.124 CDD 869.1

Índices para catálogo sistemático:
1. Literatura brasileira
2. Literatura brasileira : contos
869.1

Grafia conforme o Acordo Ortográfico da Língua Portuguesa de 1990.

www.amoraeditora.com.br
facebook.com/amoraeditora
instagram.com/amoraeditora
twitter.com/amoraeditora

Cacos: momentos que fi(n)cam é o livro nº 2 da Amora Editora, impresso no outono de 2017.

sumário

um

Quando se viraram para sair do mar, ela se perguntou se as amigas da areia teriam visto. Fora prolongado o beijo deles, a língua das marolas roçando as suas pernas o tempo todo, e o desejo espraiado pelas ondas arrebentando com mais ímpeto a intervalos. Devagar, como quem alonga também os sentidos, caminharam em direção aos outros já acomodados junto às mesas da barraca arrumada para a festa. Estavam bem perto quando o braço dele passou sobre seu ombro. Uma descarga elétrica cruzou seu corpo, estremeceu. Teve vontade de se jogar na areia tomada pela felicidade espontânea e descontrolada de uma criança pequena ao chegar na praia. O gesto lhe pareceu um pedido de namoro. Ela aceitava.

Não que pensasse, a cabeça estava vazia de tudo que não fosse estar com ele, e o tato e a respiração lhe ocupavam. Ouvia até o sangue fluir. Feito a espuma clara das ondas na noite escura, a ela sua decisão se ofereceu evidente, combinando com o vestido branco que usava.

Ele então passou a segurar a mão de uma garota que tinha a ansiedade e o desejo de uma noiva. Para a meia-noite, faltava menos de uma hora a esperar na praia, a música, a dança e a bebida. Às vezes ele fazia a ponta dos dedos ultrapassarem o limite das costas dela e tocarem seu seio; em resposta, ela alisava mais forte ombro e braço – avanços controlados e compridos, prazer denunciado discretamente em risos cúmplices.

Foi só a queima de fogos começar. Ele a puxou pelo braço e, juntos, seguiram rumo ao prédio que dava direto na areia. Tudo como se tivessem combinado em detalhes. Superados os três lances de escada, pararam em frente à porta. Ele estava com a chave e a conduziu direto ao quarto da cama grande.

Tirar as roupas foi natural, estavam úmidas. Vem cá. Foi aí que ela sentiu a areia grossa lixando direto a pele. Ele não. Rápido, se ajeitou sobre ela e molhou a mão de cuspe. Gesto bruto demais: ela se desvencilhou e levantou. Ele se irritou. Menina, vem cá. Não, vou tomar um banho. O trinco da porta disse o resto.

dois

Abriu a porta preparado para ser recebido pela ausência. Não tinha voltado para casa nenhuma vez. Nem mesmo ficara sozinho – não deixavam e nem ele queria. Pressentia ter chegado à borda do fim do mundo: tentava encontrar onde se segurar. Mas do seu jeito, mantendo-se longe das mãos estendidas, dos abraços incômodos e da intimidade falsa forjada pelas tragédias. Seu irmão fazia intimações carinhosas para que descansasse no seu apartamento, bem próximo, a canja esperando por eles sobre o fogão. Ele não recusava, mas era tudo gesto oco. Estava fraco, lento, e mantinha distância até da dor – melhor do que se ver arrastado para o desespero.

Vencido por qualquer calmante, dormia um pouco. Mas até o sono dopado, achava, só vinha porque não estava em casa. Lá, seria impossível: a atenção voltada para a ausência dos barulhos familiares, dos pequenos gestos, a espera eternizada do ruído abafado de um livro largado ao lado da cama e do clique do abajur. E ela a se aconchegar, ou não, ao seu corpo. Nunca mais nada disso.

Chegada a hora do enfrentamento inicial da vida que ficava para ele, recusou companhia. Precisava ser sozinho.

Na soleira, ainda se demorou. Respirou fundo antes de avançar, um instante a mais antes. Tudo estava com rigor no lugar – a faxina profissional apagara com ímpeto o rastro dos acontecimentos. Sentiu-se grato, mais uma vez, por todas aquelas providências tomadas à sua revelia. Não teria sequer comido se não fosse a solidariedade eficiente das pessoas.

Teria caído na vala sem aquele apoio e deixado a terra cobrir também seu corpo. Mas estava de pé, a sala organizada. Só não havia flor no vaso, nem cheiro de comida, e o Jaime não latira à sua chegada. Essas sutilezas que, antes mesmo de passar do hall à sala, gritaram a ausência que tomava a sua vida e a mudez que exalava cortante dos objetos. Teria que lidar com a existência das coisas roubadas dos significados que Lúcia dava a elas.

Entrou devagar. Tudo limpo, mas coberto de estranheza. Era como se uma camada se descolasse das paredes e dos móveis, pele seca. Desde que viera morar com ele, Lúcia ocupara os ambientes com as quinquilharias que trazia de todos os lugares. No canto do armário, viu o minijogo de chá que preservara da infância de menina – e que nem combinava com nada. Mas era tudo ela, que se espalhava ainda.

Entrou no escritório. Tão vazio. Teve receio de que, à falta do peso do corpo da mulher, a cadeira da mesa dela se desprendesse do chão, como se a gravidade, um pouco, também tivesse ido com Lúcia. Em socorro, largou nela o próprio corpo, sendo sugado dolorosamente para o que se revelou ser o centro irradiador de sua presença. Era onde ela passava boa parte das tardes, escrevendo. Sentia Lúcia, sua alma ainda estaria ali? Era como se ela tivesse acabado de sair da sala e o gesto de sua mão ainda permanecesse no comando dos papéis arrumados em pilhas. Reparou em um aviso grande com o horário do dentista, no ímã da sua pizzaria delivery preferida, no cronograma de um trabalho. Tudo inútil agora. Em um ímpeto, arrancou os lembretes em post-its, amassou uns impressos largados ao lado do computador e já ia atacar o mural todo, quando conteve o impulso destrutivo dentro de si. E foi esse esforço intenso de evitar qualquer outra atitude impensada que provocou, enfim, o choro descontrolado. Sim, precisava eliminar a dor.

Quando deixou o olhar passear de novo pela sala, já a luz era pouca. As prateleiras, que ela gostava tanto de ajeitar – só ela para entender como os objetos ganhavam ordem –, pareciam um retrato chapado. Percorreu ainda a visão dos postais, os quadrinhos, as latinhas, as coleções de canetas, os lápis, os pincéis, coisas que ele não sabia de onde vieram nem para que serviam. O que fazer com tudo que ela deixou? Queria que aquela herança infiltrada desaparecesse magicamente. Recordou um tempo em que a casa tinha sido só sua, mas essa época era um vazio apenas. Levantou e pegou uma foto dos dois. Lindo seu sorriso, Lúcia, tão feliz estávamos nesse dia em Praga. Exausto, deitou no sofá para ver se outras recordações boas o abraçavam.

três

Dar de cara com aquela fachada com tantos indícios de abandono foi um susto. O restaurante estava indiscutivelmente fechado. Há quanto tempo? Como não tinha se dado conta? Ela seguiu seu caminho, decidida: pararia o carro e perguntaria na banca ou na padaria. Amanhã, sem pressa.

Decisão sem efeito isso de enfrentar um abalo com racionalidade. Acabara de ser roubada de algo que era valioso, o que a encheu de urgências. Dali para sempre, não haveria mais a possibilidade de voltar àquela mesa bem reservada, no canto de trás do segundo salão do restaurante. Não ia mais poder sentar lá, no exato lugar onde eles tinham tido coragem de falar por que e por que não.

Naquela mesa, hipótese eterna agora, o escuro do salão era mais resistente à chama das velas, havia sempre uma penumbra maior, uma intimidade calorosa. A caminho do trabalho, ela se lembrou do cardápio impresso em papel artesanal e de que os pratos vinham cobertos. Lembrou também algo que já nem tinha a ver com o restaurante: uma longa caminhada na madrugada pelas sinuosas travessas do bairro, cruzando carros e jovens que iam e voltavam dos bares. Àquela hora, já verdadeiramente tarde, eles encompridaram a despedida.

Percorreram a noite como adolescentes. A vida já se passara um pedaço todo, e, confusa e doida, se colocava entre eles, aos quarenta anos – filhos, cada um no seu casamento em crise, frustrações, responsabilidades e contas a pagar.

Mas lembrava-se mais vivamente do momento longo em que estiveram juntos na mesa: embriagados por duas garrafas de vinho escolhidas por ele, comendo ainda e chorando a lágrima que escorre solitária e lenta pelo rosto. Foi como se tivessem se amado na mesa mais do que em todas as outras vezes, os corpos entrelaçados apenas pelos braços e o sentimento intenso os unindo.

Não tivera grandes expectativas depois da despedida. Já separada, voltara lá com outros homens. E sentara na mesma mesa. Via agora nítido o único fio de esperança morrendo atrasado. Era o fim.

quatro

O megafone insistiu que a vida sexual das mulheres em geral começa com violência. Várias vezes. A frase se desviou do ouvido para alguma fresta do cérebro de Helena e tomou-a toda. Exagero? Sua cabeça doía, devia ser do alvoroço da marcha, e o remédio era ficar só e quieta. Resolveu andar.

Logo se viu pensando em como tinha sido para ela o começo, provocada por aquela frase, ela que doía também, como um caco minúsculo fincado fundo na pele. Encontrou primeiro o espaço vazio da lembrança que havia apagado

– tentado apagar. Contava que sua primeira vez tinha sido aos dezessete anos. Às vezes até preferia dizer que fora mais para a frente, já com o Carlos, namoro comprido do tempo da faculdade. Com ele, sim, conheceu o prazer. Mas havia aquilo mais antigo. Era já quase um vestígio sumido, o dia em que tinha subido com... – o nome dele fugia – pelo elevador para um andar qualquer do prédio em que moravam e entrado no vão da escada sem dar bandeira. Tudo voltava escuro: o zigue-zague dos lances em uma subida acelerada, a luz de emergência apenas, a passada dele maior que a sua, o topo da escada. Ele tinha dito que o cadeado em geral estava aberto, que poderiam ver a cidade e o pôr do sol lá de cima da cobertura, que era lindo, mas não se surpreendeu de encontrar a porta corta-fogo fechada, lacrando o caminho dali para a frente. Sentou tão à vontade no chão que até parecia recostado no sofá – como se já esperasse por isso. Senta aqui, puxou-a, displicente, brusco. Ela, garota, não imaginava premeditação em nada, quanto mais um plano, ou uma armadilha.

Era de enganos assim que falavam também os depoimentos das mulheres que ouvira por duas horas – surras, coação, sexo forçado, muita coisa que ela nem chamaria de estupro. Tudo estupro mesmo, como elas diziam? A voz que lhe tirou das interrogações sem rumo certo dizia que sim. É muito mais comum do que se imagina que a vida sexual de uma menina comece com violência.

Buscou ser cuidadosa com aquele sentimento que veio à tona dolorido e esmaecido, a verdade exumada. Vinha de uma distância de mais de vinte anos o alto da escada de incêndio que ela agora podia ver de novo. Ele a empurrando contra o chão, abrindo o zíper do jeans, levantando o vestido dela. Enfiou-se então determinado entre as suas coxas e, com rigidez, apertou-a mais e mais, segurando os seus braços frouxos com o susto, e ela sem saber direito que aquilo era o sexo. Teve então uma batida seca de porta. Ele parou e aliviou a pressão sobre ela, achando que alguém vinha subindo. Ela aproveitou para se desvencilhar, levantou-se e, arrumando a roupa de qualquer jeito, começou a descer. Ele calou imóvel, evitando que sua voz ou qualquer barulho ecoasse talvez pela escada. Também ela podia gritar, pedir socorro, chorar. Fugiu apenas. O que disse foi para si mesma: não aconteceu nada, não aconteceu nada, nada, repetiu até chegar em casa, uns andares para baixo, e atravessar a sala e correr direto para o banheiro. Tirou a roupa e viu um pouco de sangue nas pernas. Se perguntou como ele a teria machucado, mas estava tão atordoada e envergonhada e com medo da mãe, que se escondeu até de si no longo banho e não mais pensou.

cinco

Passeavam pelo museu em silêncio. Na frente dos quadros, ela ouvia sobretudo a respiração dele amplificada, difícil, os anos de fumo ressonando. Parecia que estava pensando: cerrava os olhos a intervalos, um movimento só um pouco mais prolongado do que uma piscadela involuntária, só mais que a proteção necessária. Pronto, voltava à contemplação da litografia. Ele, mais atrás, se dividia em observá-la também, acompanhando como assimilava a notícia. O que mais queria é que ela não sofresse exageradamente.

É fascinante esse paradoxo formal, disse ele, vendo o efeito que a frase fazia.

Toda a concentração dela recaiu sobre a obra. Parecia que a exposição tinha sido escolhida a dedo, mas era esse o poder da arte que o fascinava: iluminar a vida. Ela buscava um comentário sobre a impressão que aquele desenho labiríntico lhe causava. Ele podia ver como percorria as escadas com o olhar, nenhuma delas levava a lugar algum. Não havia escapatória, era exatamente isso. Uma ilusão de ótica, sim, mas uma metáfora também.

Como qualquer coisa que falasse podia parecer carregada de um significado oculto, ela continuou mais uns minutos olhando, embora aos poucos a notícia voltasse a invadir sua cabeça: estava em todas as dobras do pensamento.

Ele estava a ponto de pedir que, depois que tivesse acontecido, ela continuasse frequentando exposições, algo que, sabia, ela fazia para acompanhá-lo. Promete? Mas foi ela que falou primeiro, tão trivial. Preciso ir. Vamos tomar um café?

Ele sorriu pela primeira vez desde que tinham se encontrado. Era raro marcarem um programa no meio do dia de trabalho, pensou, deviam fazer isso mais. Logo, talvez, não teria mais disposição. Pegou então na mão dela com naturalidade, e atravessaram o salão sem se deter. Quando passaram pela catraca da saída, já estavam falando das notícias do dia, das enchentes e das secas. E da morte do Niemeyer. Disso, sim, era natural que falassem, do mestre das linhas curvas que tinha vivido um século. Era bom que falassem da morte de alguma forma, começando por uma permanência tão alargada.

seis

A conversa com o cunhado da amiga, sábado na festa, teve efeito inesperado sobre a dor da separação. Ele era agradável, mas ela não queria sair com ninguém, nem sabia que tipo de homem gostaria agora. Ele com certeza não, melhor ficar sozinha até se refazer, talvez depois. Como tinha ido à festa por insistência da amiga, esforçou-se para retribuir aquela tentativa sincera de tirá-la do isolamento. Não havia mais nada.

Mas no domingo acordou quase feliz – e fazia muito tempo que isso não acontecia. Da madrugada de sono profundo e tranquilo, voltou com uma imagem: o amor é uma versão de um jogo da memória. A ideia tinha aparecido em um sonho – embora não lembrasse de si mesma concentrada diante das cartas enfileiradas, tentando em vão localizar aquela que formaria o par com a carta que segurava na mão. Será que observava outras pessoas jogando? Como não lembrava exatamente das cenas sonhadas, supôs que podia estar diante de um pensamento que tivera durante o sono. Ou na vigília. Desde que Leonardo deixara o apartamento, as noites tinham ficado imensas. Tinha muitos pensamentos entrecortados por curtos cochilos e inflados pela angústia que apertava seu pescoço. Às vezes, despertava totalmente do sono leve na madrugada e mantinha-se na cama, acordada no escuro, até adivinhar a manhã nascente pela luz que atravessava a minúscula fresta lateral da cortina. Esperava então o despertador tocar: ia empurrada para o dia.

Acordar preenchida por um sonho já mudava tudo: bom então ficar deitada um pouco mais, recuperar ao menos algumas imagens antes que elas se fossem completamente. Lembrava de ter percebido – ela ou os jogadores, não tinha certeza de que estivesse no sonho, se é que fora um sonho – que não existem cartas iguais. Os pares são formados por imagens complementares, ou, menos do que isso, por pequenos detalhes que combinam. Ela precisaria olhar de novo o baralho todo, carta por carta, para entender melhor como funcionava o jogo, mais um tarô do que um jogo da memória, difícil demais isso de rapidamente decidir como formar os pares. Haveria uma regra? Logo viu que era preciso arriscar e voltar atrás se necessário: os pares podiam ser desfeitos e as cartas, retornar ao jogo. Testar e recombinar fazia parte. E ela via isso acontecer, sem saber se era ela ou os jogadores. Quem seriam eles?

Ficou na cama até não saber mais aonde ir naquela exploração. A impressão final era boa, como se fosse o consolo de que precisava: não havia problema em não acertar.

Levantou para tomar uma ducha morna. Depois, esfregou forte um hidratante nas pernas, subiu para o corpo, circulou a mão na barriga e nos seios, terminou acariciando os braços. Se sentiu livre e bela naquela manhã. Talvez até pronta para um cinema, um jantar, um beijo.

sete

Foi quando ela passou o talher de sobremesa para ele: conheceu um desconforto novo. Ainda bem que a refeição estava quase acabada. Ela ficou até com pressa, uma pressa inusual para um domingo, de que ele desse o almoço por encerrado. Vamos, deixe os pratos sujos largados em cima da mesa – o contrário justamente do que dizia sempre, na esperança de que, um dia, ele espontaneamente tirasse a louça. Devia abrir mão de reclamar, desistir, enfim. Teve vontade de sair, jogando para longe de si aquele peso da casa. Que demora para terminar uma fatia de bolo! A inquietação era tanta que se levantou. Vou pôr água para esquentar.

Sentiu necessidade de se desviar do ritual da tarde passada em preguiça. Eles costumavam se deitar juntos no domingo. Em geral, ficavam longo tempo conversando, lado a lado na cama. Desmontando o jornal, passando artigos e cadernos um para o outro, às vezes liam alto um texto interessante. Na verdade, era uma preliminar comprida – e boba como uma brincadeira de caça-palavras. Vinha depois de um toque, de uma risada, de um nada: o sexo morno, primeiro, e depois uma cochilada comprida. O jornal ficaria amassado no chão do quarto, e ela se lembrou disso pulando tudo o mais que iria acontecer na tarde. Era sempre ela a pegar as folhas espalhadas. Mesmo que esperasse a noite chegar com calma, ou a manhã seguinte, ele parecia não se incomodar com aquilo. Nem perceberia.

O fim já tinha começado quando da cozinha avisou, ela mesma surpresa: vou ter que sair daqui a pouco. Soube, sem briga, sem traição, de uma forma ainda disforme, que iria se separar dele. Por coisas assim triviais, fazia sentido?

oito

Fernando, casado, ainda que mal casado, veio ao Brasil por causa da morte do pai e encontrou Amanda. Na verdade, ele a procurou. Já havia um passado de desejos, e, dessa vez, deixaram acontecer durante todo o mês em que ele iniciou o inventário, cuidou de procurações e da tarefa de desocupar o apartamento e o sítio da família, que iam ser postos à venda.

Foram discretos até um com o outro. Ele vivia uma felicidade leve, uma sombra contrastante com o momento nada fácil que atravessava. Ela entusiasmada pela companhia dele, um tipo de homem que não costumava encontrar, não nos lugares que frequentava. Mas não havia nenhuma promessa. Quando então ele disse chega, é melhor pararmos, de repente, durante um jantar, Amanda não pôde dizer que era uma surpresa. De noite, contudo, quando eles se deitaram juntos, ela chorou discreta, virada para a esquerda, depois do prazer.

Passados três dias longos e melancólicos, ele ligou. Pediu que fosse encontrá-lo no sítio. Ela teve raiva do convite, tentou não aceitar, mas quando se deu conta estava na estrada. Afinal, ele sempre falava desse sítio, e a curiosidade servia de desculpa para agir contra sua própria vontade. A curiosidade nem vinha de agora, era algo da época em que o conhecera e soubera da existência do orquidário. Ela era moça, as orquídeas eram mais exóticas e improváveis, e tudo isso de alguma forma tinha sido uma semente fértil do seu interesse por ele.

Encontrou a picape dele atravessada na frente da casa. O rapaz que cuidava da propriedade a cumprimentou e orientou que desse a volta na casa. Já ia ver a estufa onde Fernando estava.

O abandono se mostrava de muitas formas, mas, organizados em uma bancada ao lado do tanque, estavam vasos recém-lavados e brotos à espera de serem transplantados. Ele estava concentrado, mexendo em uma torneira, mas virou-se quando sentiu a aproximação dela. Sorriu. Que bom que você veio, disse, retornando seu trabalho de conserto.

Ela permaneceu em uma posição hesitante, nem dentro nem fora. Observou-o por um longo momento, em que ele pareceu ignorar sua presença, até começar a se deslocar de um lado para outro e falar. Pouca coisa se salva aqui. Mas estas raízes estão saudáveis e, se essas mudas forem replantadas com cuidado, as flores voltarão a brotar. É só terem uma nova chance. E pensar que as pessoas jogam fora as orquídeas que ganharam quando as flores caem... É o tipo de presente que pode durar tanto!

Plantar não é difícil, vou te explicar como se faz, disse e olhou para ela, como pedindo que se aproximasse. Você pega pela folha e coloca bem no meio do vaso. Faz a raiz enrodilhar assim, põe bastante substrato e aperta um pouco para ficar firme. Depois deixa o vaso em um lugar onde o sol chegue filtrado e rega sempre, sem medo. O importante é que as folhas não retenham água e que o vaso só se mantenha úmido, por isso esses furos no barro.

Quando terminou a explicação, tinha separado no canto da bancada um conjunto de folhas com raízes, um vaso, algumas pedrinhas. Tinha também pegado um pedaço de xaxim e arames. Explicou ainda como cuidar da delicada flor, o que foi demais para ela. Virou-se e saiu quase em fuga.

Ele veio atrás, segurou-lhe a mão. Desculpe, não devia ter te ligado, eu que disse que era para nunca mais. Olhou para ela e segurou qualquer palavra que pudesse escapar – e era evidente que estava muito próximo de se abrir. Respirou fundo, e os dois passaram um momento comprido de silêncio incômodo, até que ele retomou o controle. Já que você veio, quero te dar um presente. Retornou à estufa. Foi nesse momento que ela podia ter ido, mas esperou paralisada, antes de partir de vez, com o saco onde ele acondicionou as coisas que lhe dava.

Ela podia ainda ter jogado tudo fora em seguida, ou no caminho, mas não foi o que fez. Como se não houvesse escolha, seguiu as instruções: preparou no vaso a muda e pendurou em uma árvore. Isso: deixaria que a natureza cuidasse por si da planta, como na mata.

Ao terminar, estava enfim tranquila. Queria já muito bem aquela flor provável: amor recolhido e belo que recebia.

nove

Marcelo – e tudo que dizia respeito a ele – tinha ido parar em uma zona eliminada da memória. Eliminada não, desativada, percebia agora. Desde a tarde do dia anterior, quando resolvera ir à festa, tudo havia retornado, como se eles tivessem se visto ontem, o corpo, a ansiedade, como se tivessem ficado juntos. Naquela época, mesmo sem saber ao certo se eram amigos ou namorados, convenceu-se de que não tinha importância. Nem ele pensava diferente, pelo contrário, ia pegá-la na faculdade, e andavam abraçados ou de mãos dadas. Só de lembrar, revivia uma excitação profunda. Tinha certeza agora da dimensão do sentimento entre eles. Tinha saudades.

Fez a conta: oito anos que não se encontravam. Nem ao menos se falaram nesse tempo todo, em que cada um tentou cuidar da própria vida. Foram radicais no afastamento. Talvez por isso a cena do dia em que romperam voltasse nos mínimos detalhes, a chegada repentina dele no domingo bem cedo, ele sentado bem na quina da cama preparado para se levantar, o quarto ainda por ser arrumado. Marcelo, tenso, falando com uma urgência quase solene: estou apaixonado pelo Lucas.

Ela nem sabia quem era o tal do Lucas, mas não perguntou. Entendeu que ele estava decidido a ficar com o cara, e o resto não dizia mais respeito a ela. Conseguiu não brigar, sem energia. Não usou palavras rudes nem ofensivas, no que ele respirou aliviado. A forma direta com que ele olhava para ela indicava que estava ali como resultado de uma decisão. Ela o imaginou esperando o dia amanhecer para vir ao seu encontro e ter aquela conversa: não queria enganá-la nem um único dia.

Se abraçaram forte naquela manhã de despedida, sem beijo e com um carinho em debandada – o que sentiam um pelo outro ocupou o espaço entre os corpos de uma forma delicada e se conteve. Foi ela que propôs que não se vissem mais. Ele concordou.

Nos tempos seguintes, as coisas que antes faziam juntos – tudo quase – se tornaram doloridas e opacas. Foi então que vieram as providências de lado a lado: Marcelo mudou de cidade com Lucas. Ela casou.

Seria assim natural que Lígia deletasse o convite, mas resolveu pensar como seria se ele voltasse a existir para ela, queria saber como se sentiria com a ressurreição. Desenterrou a adolescência dos dois, e tantas coisas que tinham feito juntos. Seu melhor companheiro, sempre. Por que não ir, então?

Chegou tarde à festa, e nervosa, até dar uns bons goles de uísque e se sentir à vontade para olhar Marcelo e Lucas na pista. Tinha visto o casal poucas vezes, mas sempre na segurança do cumprimento trivial. Lígia queria observar e pensar, e pretendeu se manter na beira. Mas, envolvida pela música, logo se viu na pista levada pela roda de amigos que dançavam juntos, todos sozinhos e juntos. Quando percebeu, estava já em uma brincadeira de se aproximar e se afastar de Marcelo no espaço escuro e quente da pista, e nem tinham se falado ainda. Marcelo sorria para ela, parecia feliz de vê-la. Ela não o perdia mesmo quando os olhos estavam fechados. Ele também parecia segui-la naquele reencontro furtivo. Se esbarraram vez ou outra.

Passaram umas poucas músicas, mixadas, e seguiu uma canção mais lenta. Ela ia aproveitar para descansar, comprar uma água, respirar, quando um braço pegou sua cintura por trás. Nem se assustou, porque o desejo, disforme até um minuto antes, era agora de ser abraçada sem ressalvas. Te amei tanto, teria escapado alto o pensamento, enquanto se virou sem pressa e abriu os olhos para encará-lo em intimidade. Eu sei, teria dito Lucas, as palavras de ambos, se ditas, de toda forma abafadas na câmara acústica a serviço apenas do DJ.

Lucas? Ela quis desaparecer com a confusão. Mas ele segurou em sua mão e continuou a dançar com ela.

dez

Todos os cinco eram pouco mais que adolescentes e saíram de Buenos Aires para cruzar a Argentina de carro. O ar excitante de aventura serviu de empurrão decisivo para, duzentos quilômetros rodados, Ana e Artur ficarem juntos. Já havia um interesse qualquer entre os dois, mas aconteceu ali, com a liberdade que fazia os guardanapos voarem e despetalava mesmo as flores acostumadas ao vento.

A turma tinha feito planos econômicos, o que incluía quartos coletivos, como o da primeira pensão em que pararam, um quarto para todos, com um beliche, uma cama de solteiro – logo reservada para o descanso do motorista – e dois colchões extras de solteiro, que Ana e Artur puseram lado a lado. Naquelas noites, dormiriam sempre juntos, vestidos enquanto a luz permanecia acesa e, aos poucos, a cada noite mais, se desfazendo das roupas sob as cobertas. A brincadeira silenciosa e quase infantil era conhecer o corpo um do outro, suavemente, o que os deixava loucos de desejo de uma forma inaudível para os outros, em um limite de controle e discrição. O sono compartilhado era gozo – e isso durou três dias.

A primeira vez que transaram foi já no quarto dia de viagem. Subiram juntos para as acomodações, antes dos outros, com a desculpa de cumprir a fila do banho. Aconteceu rápido, no banheiro, extravasando o tesão das carícias anteriores. Mais tarde naquela noite, deitaram os dois apertados em uma cama de solteiro. Foi necessário controle para vencerem a primeira metade da noite em um sono a que os corpos se entregaram a contragosto.

Ana acordou no meio da madrugada quando o quarto ressoava. Artur, deitado de lado e encaixado nas costas dela, apertou-a em um abraço. Estavam sonâmbulos, como se o sono os tivesse levado para longe, e tão prontos que, encaminhado facilmente pela mão de Ana, o pênis dele escorregou suave para dentro dela. Foi só quando um gemido baixo escapou que lembraram vagamente da presença dos outros. Houve um momento de atenção. Talvez alguém tivesse despertado – o momento misterioso em que a noite rouba o sono de muitos e permite às pessoas se encontrarem na madrugada.

Foi só um breve instante de hesitação. No pulso do corpo, Artur colocou suave a mão na boca dela e gozou. Foi como se ela tivesse se desdobrado em duas: uma parte entregue ao êxtase, a outra observando o ruído proibido do sexo. Depois, dormiu, dormiram os dois.

onze

A falta de clareza geral sobre os sentimentos de João a confundia bastante. Procurava até evitar a palavra amor, mas não havia mais nenhuma outra a que recorrer. Então se debatia com aquele termo usado por todos.

Bem mais fácil entender o sexo. Compreensível até pela falta, o corpo existindo sem respirar direito. Se a explosão que gerou energia para a criação do universo fosse apenas uma teoria maluca concebida pela ciência, pouco importava: o universo surgiu de todo modo, criado sabe-se lá como. O sexo existe exatamente como o universo, sem que seja necessária nenhuma explicação. Uma necessidade da vida – às vezes sentia que podia ter engravidado, e sentia então que aquele relacionamento era uma escolha profunda .

Ela era capaz de rememorar detalhes. Como quando ele abriu o armário e a colocou apoiada na larga prancha de madeira sobre as gavetas, o perfume gostoso da roupa lavada, o rosto dos dois alinhados. Será que ele lembraria como fora bom transar ali? Talvez, a ideia tinha sido dele. E, mesmo que não lembrasse, a realidade do sexo estava provada.

Pensava também como era boa a sensação vinda do esforço de reter o sêmen na vagina – um prazer que só depois percebera ser o próprio instinto reprodutor. Sim, o sexo é animal. A lembrança dos prazeres a fazia, claro, desejar. Também assim sabia o que era sexo.

Mas o amor existia dessa mesma forma irrefutável? Ele não era os vazios que ficavam? A verdade é que ela nem ao menos tinha certeza de que sabia mesmo do que se tratava o amor, se para ela era a mesma coisa de que falavam as revistas e as amigas. Nos filmes, na música, nos livros, às vezes ela encontrava algo que a fazia sentir que, enfim, existia mesmo aquilo que se chamava amor, não era loucura ou ilusão. Tão fugidio.

Também se sentia confusa sobre seus sentimentos por João.

doze

A casa desocupada ficou triste. Marília olhou a parede comprida do corredor que tinha virado moldura cinzenta de retângulos brancos, gravados pelo misto da ação do sol e da impregnação da fuligem na tinta alva. Observava atenta esse negativo chapado dos porta-retratos antes ali pendurados. Teve sempre um carinho especial em cuidar dessa galeria, fotos suas e de Antônio, a maioria retratos dos dois juntos – e deles, agora, restara só a ausência. Provisória. O sobrado em breve receberia seus novos donos, uma pintura cobriria o passado. Talvez usassem cores vivas na parede, como era a tendência.

Podia lembrar mais, tanta coisa vivida nos anos que moraram ali. Mas, não, era preciso evitar. A separação se arrastara por meses, tudo já tinha sido repassado. A intenção era mesmo que fosse lenta, aos poucos, amigável, quase natural. Dormiam ainda juntos quando colocaram o sobrado à venda, e esperaram o negócio se concretizar para tomarem cada um seu rumo. Ele foi para a casa de um irmão provisoriamente: usaria parte do dinheiro para financiar seus estudos no exterior. Ela estava bem aqui, envolvida no seu trabalho atual. Ainda agora pensava quando exatamente seus planos tinham se bifurcado.

Foi para o andar de cima e pensava que Tom devia chegar a qualquer momento. Ele não estava atrasado, mas nem por isso a espera deixava de armá-la. Afinal, não seria difícil para ele antecipar a ansiedade óbvia de um último momento na casa antes da entrega das chaves. O fato de ele não ter levado isso em consideração, não a ponto de se adiantar, era já um indício, como se permitisse o começo de mais um desencontro. Mas dava para ser diferente? O que ela esperava? Ela devia ter marcado aquele encontro em outro lugar. Evitaria sentir esse frio da sala vazia. Mas em que outro lugar do mundo eles poderiam estar realmente a sós?

Havia, claro, também o lado bom de Tom ser exatamente como ele era. Ao telefone, dissera: o resto já levei. Com essa providência prática, evitava retomar a divisão de coisas inúteis. A divisão inútil das coisas.

Deixou-se levar da casa um pouco. Lembrou a sensação de ver as caixas da mudança empilhadas no caminhão. Tudo pareceu tão pesado. Ela temeu não conseguir respirar. O novo apartamento era acolhedor: pequeno, mas espaçoso como são os prédios antigos com pé-direito alto. Não era justamente o sopro de ar fresco entrando pelas janelas amplas que lhe percorrera o corpo e a enchera de grandes esperanças? Sim, alugou um apartamento onde se sentia, paradoxalmente, sozinha e protegida. E, se quisesse, era só levantar, sair e dançar – algo que fez tão pouco durante o casamento. Pensou em receber os amigos logo. A festa de inauguração podia ser no seu aniversário, dentro de uns dias. Daria tempo de arrumar o apartamento? Improvisaria, pensou, podia transformar as caixas da mudança em decoração. Sim, tinha a liberdade de fazer como quisesse.

Do lado de Antônio, a verdade é que sua vontade era inconsistente e se diluía. Ele sabia tão bem o que queria, e era bom ter alguém em que se apoiar. Deixava-se ir. Mas isso era antes. E agora? Teria que tomar as suas próprias decisões daqui para a frente.

Imaginou que já estava diante de Tom e que tinha que explicar de algum jeito por que havia ainda algo a ser conversado. Dizer simplesmente o fato? Foi quando resolveu ensaiar que tudo ficou claro dentro dela. Vou ter o bebê, disse.

Estava resolvida, então? Era uma novidade a sua coragem. Mesmo sem pensar em todas as consequências, acariciou a barriga. Era melhor mesmo que Tom demorasse um pouco a chegar. Precisava repensar a conversa agora que enfim sabia por si mesma o que queria. Marília estava mudando.

treze

Você sabe que eu terminei com a Márcia por sua causa? Não, Alessandra não sabia, não fazia a menor ideia. Me apaixonei por você assim que eu te conheci. Quando ela reparou, passou a viver com ciúmes, antes de eu conseguir me entender. Aí, não teve jeito.

Roberto tinha ficado para cumprimentá-la no fim de um seminário. Esperou-a conversar com muita gente, falar com os organizadores. Alessandra estava em um estado de empolgação e alívio de ver que sua participação tinha sido um sucesso, um baita sucesso.

Ficou feliz também de vê-lo – desconheciam completamente a pista um do outro havia tantos, tantos anos. Ele estava muito bem, mais sofisticado, sem ter perdido o antigo estilo. Mas parecia querer continuar uma conversa, como se fizesse apenas uns poucos dias, ou tentar uma reconciliação.

Você não vai recusar tomar um vinho comigo, Alessandra. Pode ser aqui mesmo no bar do hotel, na cobertura.

Estavam lá, então, sentados um na frente do outro, a vista linda do anoitecer nos primeiros dias do horário de verão, quando a vida parece encompridar. O assunto? Virou a revelação: o tamanho do amor que Roberto sentira por Alessandra.

Ela teve vontade de interromper. Pera aí, é de mim mesma que você estava falando? Por que isso agora?

Eles tinham namorado, sim. Por pouco tempo, nem um ano. Ela lembrava de um namoro tranquilo, mas nada em que coubesse essa paixão que Roberto revelava agora.

Tudo que não conseguia te dizer eu escrevia em um caderno, prosseguia ele. Reli algumas vezes.

Ela olhava inquieta. Por que não me dizia o que sentia por mim, então?

Antes da gente começar a namorar, eu tinha medo de você me rejeitar. Mas, depois, continuei tendo medo. Achei que aos poucos ia ficar mais seguro.

Ela lembrava que ele tinha uma forma enviesada de conduzir as coisas. Uma vez, por exemplo, ele lhe deu um poema escrito por um amigo para ler. Lindo, ela adorou. Depois ele confessou ter escrito a poesia – e ela ficou pensando como teria sido chato se não tivesse gostado. E, tendo gostado, por que Roberto não aproveitou para mostrar outras coisas que escrevera e se abrir com ela? Agora, era a mesma coisa com esse amor todo. Era assustador.

O mais louco, pensou, é que seria bom ter um companheiro como Roberto, engenheiro bem sucedido e pianista talentoso, alto, a mão grande sobre o seu ombro. Essa versão madura dele o agradava ainda mais.

Nunca se esqueça que você merece muito amor, disse ele na hora da despedida. Parecia não lhe ocorrer que poderia ser ele a dar.

catorze

No dia 4377, Fabiana chegou estressadíssima do trabalho, um problema atrás do outro. Daniel sugeriu que relaxasse na banheira, ligou a água. Ela aproveitou a espera para ajeitar com ele o jantar, mas comeu apenas uma salada e tomou o chá de hortelã que estava já pronto na geladeira. Passou a ducha no corpo e então entrou na água morna. Um tempo depois, Daniel terminou de comer, de ver as notícias. Encontrou a mulher mergulhada numa espuma branca, rala e cheirosa. Trazia velas na mão, espalhou-as pelo banheiro, acendeu uma a uma e desligou a luz. Você não existe. Daniel fazia aquilo porque tinha aprendido com ela. Era mais duro quando se conheceram, metido sempre com negócios e política. Tinha aos poucos suavizado – aos sessenta anos, estava se preparando para a velhice, dizia. Ela sentia o cheiro da fragrância de erva-doce e imaginava o corpo flutuando, embora contido pelo limite justo da banheira. Ouvia o jazz suave que vinha do quarto. Uma noite inesperadamente perfeita. Daniel saiu e voltou carregando uma banqueta, sentou pertinho dela, conversaram um pouco. Só quando a água perdeu o calor ela levantou, ia pegar a toalha, mas antes ele estendeu o roupão e o enrolou nela. Pronto, virou um abraço, um beijo na nuca. Porém não se apressaram para o amor. Fabiana procurou um óleo hidratante para o corpo e espalhou nas pernas, nas ancas, na barriga, terminou nos braços e esfregou as mãos. Ele esperou todo o ritual de beleza finalizar. Vem cá, Lua.

No dia 4378, acordaram cedo e felizes. Daniel tinha viagem marcada para Brasília, o que acontecia pelo menos duas vezes por mês. Fazia em geral um bate e volta, mas ele teve que esticar a permanência dessa vez. No dia 4379, Fabiana passou uma segunda noite sozinha.

No dia 4380, Daniel chegou no fim da tarde, ligou para ela e, como não conseguiu falar, gravou uma mensagem. Cansado, aproveitou para assistir à televisão e cochilar um pouco. Ela chegou bem depois, ele levantou, e comeram juntos uma quiche de cogumelos tirada do congelador. Ele estava com dor de cabeça, enxaqueca talvez. A tensão toda de uma reunião atrás da outra é terrível. Tomo um remédio e vou já para a cama. Amanhã, se acordar disposto, corro cedo.

No dia 4381, ele puxou seu braço à uma e quarenta. Estava nitidamente com muita dor, contorcido ao seu lado. Fabiana saiu do sono direto para um susto imenso, percebeu a urgência e lembrou do número gravado no celular, 192. O que você tem, Daniel? – perguntou enquanto tomava as providências. A mulher na linha atendeu rápido. Quis saber nome, endereço, o que estava acontecendo, detalhes. Fabiana respondia, preocupada em observar Daniel. Foi difícil ouvir, racionar, se controlar, tudo. Lua? Ela resolveu resumir em uma mensagem clara: talvez meu marido esteja morrendo, venham. E desligou, controlando o choro e assustada com o que tinha dito. Falei assim para o socorro vir logo. Você vai ficar bem. Ele segurou a mão dela. Fabiana percebeu que Daniel queria falar. Lua, disse uma vez mais. Ela lembrou de que a paz é tudo na hora do medo. Calma, disse. O socorro já vai chegar. Ele pareceu sorrir e fechou os olhos. Chegariam a tempo? Pedia intensamente que sim, mas não podia deixar Daniel sozinho, correr o risco de que ele morresse ouvindo ela se desesperar no telefone.

Estava abraçada com ele quando a ambulância chegou.

No dia 4382, Daniel foi velado e cremado. A autópsia atestara um enfarte fulminante. Um amigo médico explicou a Fabiana enfático que há muito pouco a ser feito nesses casos, a morte vem repentina. O fim é certo para todos.

quinze

Inesperadamente, Regina se viu frente a frente com Fábio na feira que juntava artesanato e antiguidades de todo tipo. Tinha dele um esquecimento imposto pelas palavras cínicas de Carla, bêbada: pedi para Fábio ficar com você para eu ter o caminho livre com o Heitor. A traição da amiga lhe fez ver que o mal existia e ela era uma vilã. Mas não lhe ocorreu reagir. Dar um soco, um tapa na cara, não era algo que soubesse fazer, embora Carla merecesse, com certeza. Arrancara confidências, fizera um plano. Por certo, inventara também para

Heitor histórias. Só a intriga justificava que, de um momento para outro, ele tivesse se tornado arredio. Mas se Carla era má, Heitor também era uma decepção: como se deixara enrolar? Quanto a Fábio, nas vezes que o havia encontrado desde então, evitava qualquer fala ou contato, envergonhada de sua estupidez.

Já fazia uns dois anos, nem conseguia lembrar todos os detalhes, só o mal-estar da coisa toda. Se ela tivesse visto Fábio de longe, teria se afastado. Mas ele surgiu repentino, já bem perto, e afastou a franja que pendia por sobre os olhos dela sorrindo com simpatia.

Muito bonito este colar. Deixa eu colocá-lo em você para ver como fica.

Regina deixou, surpresa de perceber que ele a vinha observando, a ponto de saber sua intenção. E também porque o gesto dele foi decidido, firme, carinhoso.

Você gosta? Perguntou, colocando o espelho na frente dela para refletir a imagem do falso rubi incrustado no pingente, pequeno, sobre o seu colo.

Perguntou o preço para o artesão e pagou. É um presente.

Deu-lhe também um beijo rápido, que persistiu em sua bochecha direita mesmo bem depois de ele ter ido, assim como a sensação do lugar em que segurou no seu braço.

Regina voltou a andar por entre as barracas. O lugar estava cheio. Encontrou Marcelo, já cansado, no extremo oposto da praça. Vamos comer?

Na mesa do restaurante, Marcelo contou animado as ideias que tivera para os móveis do apartamento. Pegara o telefone do marceneiro para combinar uma visita. Regina pouco prestava atenção, reclamou duas vezes do calor. Eles se reconectaram só quando ela prendeu o cabelo em um coque. Ele reparou. Lindo esse colar. Como fica bem em você! Ela então, sem responder, levou a mão ao pescoço. Era de verdade.

dezesseis

Ele estava esvaziando gavetas do escritório quando viu a caixinha enfiada no máximo do atrás, quase inacessível. Fazia com certeza uns cinco anos que estava lá, desde que assumira a diretoria e aquela mesa. Antes, esteve outros dois anos trancada em sua bancada, quando ele tinha a função de dar treinamentos em toda a América Latina. Ela só conhecera fundo de gaveta.

Tinha guardado assim para nada o brinco de Laura. Agora a coisa certa era jogá-lo fora. E se Sofia encontrasse? A probabilidade era alta, seguramente lhe ofereceria ajuda para arranjar as coisas em casa. Não faria mais sentido colocar para rodar uma crise que tinha a ver com a pior fase do casamento, não fazia mais nenhum sentido. Ele esteve à beira de escolher a separação. E quando marcou de passar aquele final de semana com Laura, em um resort em Curaçao, era para testar sua coragem.

Mal saíram do quarto, embora estivessem tão distantes. Laura entendia, era uma mulher madura e não queria ser tragada pelos problemas. Sem compromisso. Repetia isso e selava com um beijo. Ela perguntava nada e calava a qualquer confidência. Talvez tenha feito falta falar, destampar sentimentos.

Lembrava bem quando ela colocou o brinco na saboneteira ao lado da banheira. Reparou. Empurrou a joia para dentro, para que ficasse segura. Ele pensou que ali estaria fora de vista. Embora não tenha sido uma intenção planejada, começou assim um pequeno furto que se confirmou com o esquecimento dela.

Laura já tinha ido, ele ficou sozinho uma tarde mais. Largado. Andou pela praia e mergulhou nas águas iluminadas onde se vê vida na profundidade. Na volta, passou os olhos pelo chalé, deprimido como se ali fosse largar a felicidade por causa de sua covardia de se separar da mulher e ser dono da própria vida. Começar de novo? O fato é que o brinco estava guardado para que fosse uma esperança. Arranjaria um jeito de enviar para ela. Talvez um novo encontro, uma viagem.

Olhou a joia com atenção. Era de ouro, uma argolinha bem fina. Na orelha dela parecia um fio de delicadeza. Se fechasse a mão, o estrago seria irremediável. Enfiou a argola no dedo indicador: meio centímetro sobrando para todos os lados. Ele era pequeno para aquela aliança.

No fundo, percebia agora com clareza, nunca teve intenção de devolver a Laura o brinco. Mas por quê? Talvez por também ser um indício claro de que não tinha apenas se deixado ficar com Sofia: fizera escolhas. Ali estava a prova. Estava na hora de falar sobre isso com sua companheira. Sobre tantas outras coisas silenciadas, escondidas. Queria voltar para casa inteiro. O brinco vai.

dezessete

Abriu o armário e contemplou a prateleira como se estivesse diante de um altar. Tinha criado aquele ritual para se consolar. Aos poucos, descobrira nele uma forma de se aquietar perante o que lhe escapava. Embora a situação fosse diversa, achou que podia ajudar a lidar com a ansiedade. Ela tirou a caixa de madeira marchetada do nicho no centro do armário com o cuidado que se tem com as coisas frágeis. Nas prateleiras acima e abaixo havia um mundaréu de outras embalagens, de bijuterias e de remédios, pilhas, caixas de sapato e de plástico, muitas com etiquetas e outras que, como aquela, precisavam ser abertas para se conhecer o conteúdo. Acomodou a caixa ao seu lado, sobre a cama, e foi colocando as caixas menores que tirava do seu interior, uma a uma, arrumadas sobre a escrivaninha.

A mais antiga era também a menor de todas. Usou-a na época como um artifício: o que fazer com o amor não declarado? Não parecia sensato dispor de tanto sentimento. Veio a ideia de guardá-lo. Depois, pareceu que fazia ainda mais sentido salvar o restinho de amor, a lembrança dos bons momentos. Riu: pensando assim, parecia uma especialista em desencontros e separações. Mas era sempre doído o processo. Com o tempo, tinha aprendido truques de sobrevivência e aquela habilidade de preservação. Sempre há algo que, se não for destruído por impulso, é possível guardar.

Estava diante da sua história. Cinco caixas, uma para cada amor – não era pouco. Pensou na substância com que lidava, o amor retido. Ele morre – sem ar, sem luz? Ou fica inerte? Talvez fosse como o esperma congelado nos bancos de sêmen, capaz de guardar seu potencial reprodutor. Pegou a terceira caixa nas mãos. Era a dele. Alexandre reaparecera. Tinham trocado mensagens e se falado ao telefone durante a última semana. Lembraram do tempo de faculdade. Entre eles, a paixão foi imediata. Alexandre tinha uma namorada, na época. E se enrolou todo para romper o relacionamento com a menina: pediu um tempo para resolver tudo. Ela prometeu esperar.

Esqueceu que estava esperando ou esperou até esquecer? Foi duro quando ele se casou um ano depois – ela com a certeza de ser correspondida. Quinze anos, e eles iam agora jantar. Sim, ela ia reencontrar o cara que aparecia inesperado nos seus sonhos. Quando acordava, tinha a impressão que falara alto: Alexandre?! Mas aprendera a pensar que aquela lembrança era um estoque de esperança que a tinha ajudado a passar os piores momentos. Acalmou-se quando lembrou que fora assim.

Tinha pegado a caixa nas mãos: parecia uma cápsula, duas partes cilíndricas que se encaixavam. Abriu. Estava vazia. Se o amor fosse um perfume, talvez tivesse evaporado. Talvez ela sentisse a fragrância pelo quarto.

Vamos, você não vai querer se atrasar.

E foi ao encontro de um cara grisalho que, sentado do outro lado da mesa, se apresentaria de novo a essa mulher cheia de cicatrizes – inclusive umas deixadas por ele.

dezoito

Para ir embora, é preciso arrancar folhas costuradas: desapegar do outro não é fácil nunca. Mesmo que a separação resulte de um rasgo grande.

Não existe único golpe que rompa o tecido de uma relação. Provocados como por cebola se dando ao corte, os olhos extravasam essas lágrimas, na despedida que se prolonga sempre: preferiam por certo não chorar. A separação é longa e má, rouba as lembranças boas. O precavido guarda sementes de outros sentimentos para o amanhã.

Mauro não sabia, mas cuidava disso ao tirar fotos – obsessivo, quase. Vera se achava um tipo comum, não era vaidosa, nenhuma ambição de modelo. Os cliques a incomodavam. Se Mauro a pegava concentrada em algo, até brigavam. Ela destruía as justificativas, parecidas, mas moduladas de múltiplas formas. Não resisto quando você está linda de um jeito diferente. Essa cara de marota eu quero guardar. O que há de errado nessa camiseta que não serve para uma foto? Ela se sentia desrespeitada. Chegou a jogar longe dois celulares em momentos de fúria.

As melhores fotos eram impressas e arrumadas em um álbum cuidadosamente. Ela não dava muita atenção. Você perde muito tempo com essa mania de fotografar.

Não era um cara prático, não planejava a vida. Trabalhava como representante de pisos e forrações, e sua grande ambição era passar a atender empresas.

Mas, na tarde em que estava separando as coisas dos dois, com a ajuda da faxineira, ela se viu com os álbuns na mão. Pediu que a moça esvaziasse o armário dele, ajeitando calças, paletó, camisas, camisetas, cuecas e meias na mala, sapatos, tênis e chinelos na sacola. Foi para a cozinha. E enquanto a água fervia para passar o café, ela se viu com a roupa suja de tinta, o cabelo preso de qualquer jeito. Preparada para correr e de bicicleta. Deitada no sofá de pijama. De perfil, na praça, e cuidando dos vasos. Dirigindo e no avião. Na praia, Vera era muitas, andando à beira-mar e com os olhos fechados dormindo ao sol.

Foi quando se deu conta do olhar dele e sentiu o amor impresso nas imagens. Era uma história de desencontro e diferenças. Estava com a vista embaçada.

dezenove

Deveria nunca mais falar com ele para não ter nenhuma recaída. Afastar-se ao menos por um tempo. Mas se enganava com sua força, achava que podia estar com o homem que fazia vibrar alguma coisa dentro dela, mesmo sabendo que não devia esperar nada. Se uma sensação assim não exige reciprocidade, por que ela não podia aprender a conviver com ele sem ilusões? E se ela se sentia bem, parcialmente bem, por que renunciar a isso? Por que trocar uma felicidade por nada? Que perigo era esse de viver assim? Há razão de ser feliz por saber que a possibilidade existe – ainda que sempre como possibilidade.

Às vezes ela reconhecia entre suas amigas uma mulher que sabia o que fazer e invejava esse conhecimento. Ela só sabia depois, tarde demais, quando, desastre consumado, não adiantava admitir que fizera o que não devia ser feito. Mas que desastre esse, o desencontro final, já que lembrava da felicidade fugidia: as mãos que se encontraram, depois um ao braço do outro, uma pegada forte, os braços confundidos e, como os galhos, entrelaçados mais fortes.

Ela podia imaginar como seria o encontro deles na cama. E se não acontecia o sexo, era por quê? Tantos casos de infidelidade, e ele não se deixava esquecer da mulher nem por uma noite. E se o encontro impossível acontecia de novo na sua vida, era por quê?

Ela tentou um pensamento que a consolasse. Lembrou que pessoas se beijam e transam assim, sem mais nada. Ela tinha algo mais – mas seu corpo só desejava. Não se reconhecia.

vinte

O menino chegou esfuziante na areia. Estava aprendendo a nadar com o pai de outro garoto, que entrara na água com as crianças. Ela de longe tinha acompanhado um tempo, até deitar e fechar os olhos. Por causa do sol. O corpo todo foi tomado por uma moleza e uma confiança difusa em participar de uma complexa mecânica universal, maior que o julgamento humano. Aconchegou-se. Talvez tenha até dormido um pouco, e só se deu conta disso porque o filho agitou-se próximo. Iam todos agora para a barraca, comer um peixe frito. Vamos?

A mãe se levantou e ergueu o filho. Meu peixinho. Viu como não é difícil nadar, João, é só pegar o jeito. Obrigada, disse ao homem que esperava a resposta. Que viesse se juntar aos outros.

Aceitava, sim. Começaram a andar lado a lado, ela, o filho e o homem que ensinava o menino a nadar. João de mão dada com a mãe. As crianças iam no pelotão do meio, se aproximando e se afastando da água enquanto pegavam conchinhas e tampinhas coloridas de garrafas. Os outros adultos estavam um pouco mais à frente.

Ele quis alcançar os outros. Mas antes de largar a mão da mãe, pegou a mão do homem. Juntou então a mão quente dela com a palma grande e molhada dele, e se foi, correndo

Os dois receberam o gesto em surpresa e riram da espontaneidade. Se soltaram, mas tendo já recebido um tipo de comunhão: amai-vos uns aos outros, as mãos do menino pedia, ele que já agora se misturava aos outros.

agradecimentos

Este livro deve muito aos meus professores e colegas da Formação de Escritores do Instituto Superior de Educação Vera Cruz e ao grupo que participou da 1ª Tutoria para Finalização de Obras Literárias, oferecida pela Casa das Rosas em 2016.

Não teria acontecido sem a troca constante com minhas parceiras do Coletivo Literatura Clandestina. Com elas, discuto, aprendo, experimento e me mantenho firme no meu propósito (#MeDeixemEscrever).

Agradeço, sobretudo, ao fato de ter sobrevivido. Foi a chacoalhada para mudar os rumos da vida e retomar a escrita.

Este livro foi composto com as fontes
Vista Sans Alt e Arnhem e impresso em papel
Chambril Avena LD mais 90g na gráfica Bartira.